SUR LA MORT

D'HILAIRE CHARRIER

DE CHAVAGNES (VENDÉE),

Caporal aux Zouaves Pontificaux.

Poésie, par l'Abbé François BAUDRY.

AMOUR ET DÉVOUMENT A LA Ste ÉGLISE
ET A SON CHEF LE SOUVERAIN PONTIFE

NANTES,
LIBRAIRIE CATHOLIQUE
LIBAROS, SUCCESSEUR DE POIRIER-LEGROS
Carrefour Casserie, 3.
1867.

POÉSIE

SUR LA MORT

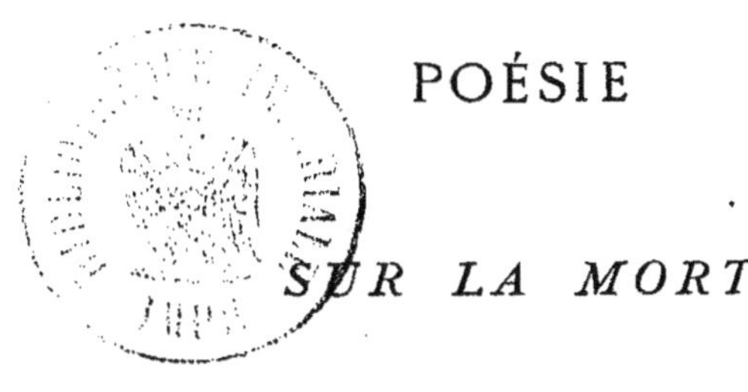

D'ALEXIS-HILAIRE CHARRIER

CAPORAL AUX ZOUAVES PONTIFICAUX

Au Père, à la Mère,

A toute la Famille

De ce jeune et vaillant Défenseur du Saint-Siége.

—

D'ALEXIS-HILAIRE CHARRIER

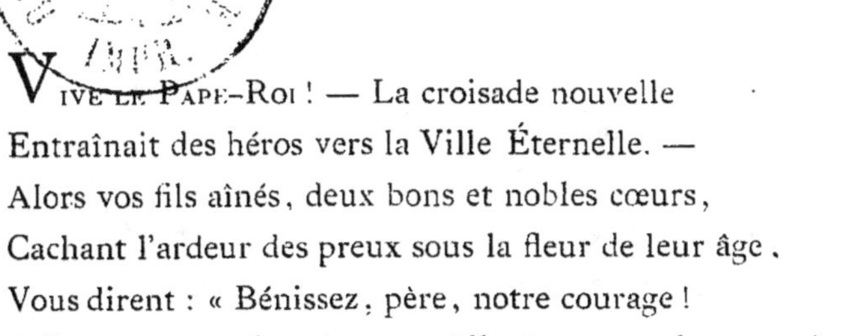

Vive le Pape-Roi ! — La croisade nouvelle
Entraînait des héros vers la Ville Éternelle. —
Alors vos fils aînés, deux bons et nobles cœurs,
Cachant l'ardeur des preux sous la fleur de leur âge,
Vous dirent : « Bénissez, père, notre courage !
A Rome nous volons ! » — « Allez ! soyez vainqueurs ! »

Bénis par vous, baignés des larmes de leur mère,
Consolant de l'adieu l'heure toujours amère,
Montrant du doigt le Ciel à vos regards émus,
Ils partirent tous deux : tous deux furent zouaves ;
Tous deux furent joyeux, et tous deux furent braves,
Fidèles à Pie IX, fidèles à Jésus !...

1867

Lorsque Garibaldi criait à ses cohortes :
« De Rome dans trois jours nous franchirons les portes! »
Il trouva devant lui des bataillons d'acier ;
Des soldats de vingt ans, jeunes gens héroïques,
Artisans, grands seigneurs, mais de vrais catholiques,
En qui la foi triplait le courage guerrier.

Dans leurs rangs combattaient vos fils, Ignace, Hilaire.
Témoin de leur bravoure en la plus chaude affaire,
Un sergent de la ligne à sa mère écrivait :
« Ils se sont bien battus et n'ont pas de blessure.
Que leur père soit fier! » — La nouvelle était sûre. —
Traduire votre joie... oh! Dieu seul le pouvait ! —

Mais quel malheur soudain bannit votre allégresse ?
Votre famille en deuil autour de vous se presse :
Que s'est-il donc passé ? Quelqu'un vous est-il mort? —
Hélas! oui. Vous venez, pauvre ami, de l'apprendre.
Votre Hilaire n'est plus! Quel coup, pour vous si tendre!
Mais pour vous, si chrétien, quel admirable sort !...

Jusqu'ici j'ai pleuré bien des fois dans ma vie
Sur des bonheurs auxquels la mort portait envie.
Cette mère était gaie et ce père joyeux ;
Leurs enfants blonds et purs qui leur semblaient des anges
Riaient entre leurs bras, bégayaient dans les langes;
Au foyer domestique ils se croyaient aux Cieux.

Ils savaient cependant cette terrible chose,
Que la mort ici-bas jamais ne se repose.
Comme on cache un trésor de crainte des voleurs,
Ils couvraient leurs enfants d'une immense tendresse ;
La mort les épiait : — tout à coup la traîtresse
Emportait un enfant comme un bouquet de fleurs.

Eh bien ! oui, j'ai pleuré ! ce spectacle me nâvre
De voir un enfant mort, et, près du froid cadavre,
La tête dans leurs mains, père et mère inclinés.
J'ai répandu sur eux une larme choisie ;
J'ai voulu, très-souvent, qu'un peu de poésie
Fleurît sur la douleur de ces infortunés.

Voilà ce que j'ai fait pour un chagrin vulgaire.
Eh quoi ! lorsqu'au retour de cette sombre guerre
Où le Piémont prenait l'habit garibaldien
Et courait renverser le pouvoir le plus juste,
Votre cher fils est mort pour notre Pape auguste,
Père et mère, mon cœur ne vous dirait-il rien ?

Non, non, je salûrai votre douleur profonde,
Ces pleurs dont votre joue, hélas ! encor s'inonde,
Ces soupirs, ces sanglots des frères et des sœurs ;
Je salûrai surtout la foi qui vous anime !
Et n'avez-vous pas dit, ô père magnanime :
« Cette mort, je l'envie, elle est riche en douceurs ! »

Oui, oui, riche en douceurs et de gloire entourée !
Suivant du Roi Pie IX la bannière sacrée,
Hilaire s'élançait hardiment au trépas.
La mort planait partout sur le champ de bataille ;
Ses doigts glacés guidaient les balles, la mitraille ;
Elle vit votre fils, mais ne le frappa pas.

De fatigue épuisé, se soutenant à peine,
Au milieu des vainqueurs, dans la cité romaine
Il rentre. — Il y venait triompher et... mourir !
Noble enfant, oubliant sa cruelle souffrance,
A l'aspect de Pie IX qu'environnait la France,
Il sentit au bonheur son âme se rouvrir.

Hélas! les fleurs pleuvaient des balcons sur sa tête!
Il murmurait : « Mon Dieu, c'est ma dernière fête !
La mort ne m'a pas pris hier sur le champ d'honneur.
Lorsque le choléra sévissait dans la ville,
Elle n'a qu'ébranlé ma jeunesse fragile ;
Mais elle me tûra demain : merci, Seigneur ! »

Le zouave, à ces mots, pâlit, tremble et chancelle ;
La sueur abondante à sa tempe ruisselle. —
O mère, vous auriez voulu sur votre sein
Recevoir votre fils à cette terrible heure !
Votre Hilaire — oh! séchez, séchez cet œil qui pleure! —
Est tombé dans les bras d'un prêtre vendéen ! *

* M. l'abbé Niort.

La Vendée était là, dans cette vaste Rome ;
Il la représentait, lui, ce vaillant jeune homme,
Avec son frère Ignace et d'autres, aux combats !
Vendée, il te fallait dans les rangs de l'armée,
Intrépide guerrière ; il te fallait calmée,
Sous les traits recueillis de prêtres, de prélats !

Il en était ainsi, ma mère, ma Vendée ! —
La tête du soldat, de sueur inondée,
S'appuyait doucement sur un cœur fraternel.
Les yeux sur le zouave, à quoi songeait le prêtre ?
Il priait : « Donnez-moi, donnez-moi, mon bon Maître,
Pour soigner cet enfant un amour maternel ! »

Le prêtre eut cet amour. — Que Dieu l'en récompense !
Toujours le bénira notre reconnaissance. —
Sa bonté conduisit au moderne croisé
Des prêtres vendéens pour lui pleins de tendresse.
Le malade souffrit avec plus d'allégresse ;
Mais il devait mourir, par la lutte brisé.

Il mourut vers le soir, entouré de ses hôtes,
Dont l'un * avait reçu l'humble aveu de ses fautes.
« O ma Mère ! O Pie IX ! » Sa languissante voix
Répétait ces deux noms avec un doux murmure.
Comme un héros chrétien qui revêt son armure,
Il fit, en expirant, un grand signe de croix.

* M⁏ Gallot.

La mort, dont le toucher en un clin d'œil nous change,
Ne flétrit point ses traits. « Il est beau comme un ange! »
Disaient les visiteurs à son meilleur ami. —
Avec son crucifix, son air candide et brave,
Il était le portrait d'un ange, ce zouave,
D'un ange des combats dans la paix endormi !

Mais quel est, au chevet de son lit de parade,
Ce zouave qui pleure? Est-ce son camarade?
C'est son frère, mon Dieu ! — Calme, mais éploré,
·Le Vendéen baisait la tête fraternelle :
— « A Pie IX, comme toi, je veux mourir fidèle !
Sur ton cœur, je le jure, ô mon frère expiré! » —

Belle scène d'adieux, et qui serait à peindre ! —
O frères vendéens, nous faudrait-il vous plaindre,
Quand pour servir Pie IX, Ignace, tu survis;
Quand pour te reposer de ta noble fatigue,
Hilaire, vers le Dieu, de son bonheur prodigue,
Tu vas de Rome, un soir, aux éternels parvis !

Entre tes doigts maigris serrant l'image sainte,
Tu mourus sans regret, sans bravade et sans crainte !
Pieux enfant du peuple, élevé dans la foi,
Tu savais bien qu'au Ciel habite un tendre père,
Indulgent à tous ceux dont la douleur espère;
Tu savais qu'il aurait compassion de toi.

Et ne mourais-tu pas pour sa grande querelle?
Malgré tes dix-sept ans, nature aimable et frêle,
Tu n'avais pas voulu laisser ton frère seul
Défendre de Pie IX la vie et la couronne !
Tu savais bien qu'un jour, près ou loin de son trône,
Jeune, on te couvrirait des plis de ton linceul !

Tu partis cependant pour Rome avec délice !
Oh! Dieu t'aura placé dans sa sainte milice!
A ta rencontre, au seuil du palais immortel,
Ils seront accourus rayonnants de lumière,
Ces héros, Pimodan, Guérin, La Moricière,
Tous ceux qui sont tombés pour Pie IX et l'autel.

Ton âme aura trouvé, dans la splendeur divine,
Celles des chevaliers, des preux de Palestine !
Eux, du Seigneur Jésus délivraient le tombeau.
Vous autres, vous gardiez l'Héritier de saint Pierre !
Délivrer de Jésus le sépulcre de pierre,
Ou défendre Pie IX, lequel est le plus beau?...

Pour toi, la gloire au Ciel, sur terre aussi la gloire !
Sortir de cet exil, sortant de la victoire,
Ce fut ton sort, Hilaire, et peut-être ton vœu ?
Tu pus te recueillir, à l'ombre de ta palme,
Jouir de ton triomphe, et, plus serein, plus calme,
T'écrier : « Qu'il est doux, mon baptême de feu ! »

Tu mourus, fils du peuple, en la terre étrangère ;
Mais non, cette parole est triste et mensongère !
Rome n'est pas pour nous un pays étranger ;
C'est notre ville à tous ! — Eh bien ! dans ses murailles,
Des prélats, des seigneurs suivaient tes funérailles,
Autour de ton cercueil trop fiers de se ranger. —

Le drapeau de Pie IX, radieuse bannière,
Déployait ses couleurs et flottait sur ta bière ;
Des héros, tes amis, sur toi versaient des pleurs ;
Après ton frère en deuil, venaient de grandes dames ;
Pour ta mère et tes sœurs, elles pleuraient, ces femmes,
Et rapprochaient de toi leurs lointaines douleurs !

Sur la fosse où ton corps reçut la sépulture,
Deux cyprès lentement balancent leur verdure.
Ce lit suprême est-il au gré de tes désirs ?
Ton corps, à Saint-Laurent, * réponds, a-t-il son aise ?
Veut-il, pour y dormir, sa terre chavagnaise ? —
— Ici, comme à Chavagne, il dort près des martyrs ! —

Pour que ta gloire, ami, soit de tous mieux connue,
Tu reposes au bord d'une large avenue ;
Sur une croix de bois trois mots italiens
Indiquent ta valeur, ton nom et ta patrie.
Va ! ceux qui les liront, — sur ta tombe chérie
Fléchiront les genoux, s'ils sont vraiment chrétiens !

* Nom du cimetière où est enterré le jeune Vendéen.

Cette humble croix de bois, ce riche mausolée,
Que rêve une amitié fidèle et désolée,
N'auras-tu que cela, zouave triomphant?...
Non, non, mille fois non! — L'horizon est très-sombre;
Mais les foudres du Ciel dissiperont cette ombre,
Et l'univers entier crîra : « Dieu nous défend! »

Pour qui veut regarder, Pie IX est au calvaire;
L'impiété le hait, si la foi le révère. —
Ce Pontife sublime aura des jours meilleurs;
Il verra reconnus les droits qu'on lui conteste ;
Écrasés sous les coups de la fureur céleste,
A ses pieds tomberont et bourreaux et railleurs!

Oui, la paix souriante, à ses côtés assise,
Par lui fera grandir le bonheur de l'Église;
Rome, son Golgotha, deviendra son Thabor;
Plus de lueur sanglante au ciel de l'Italie ;
La ville de Pie IX, par son Prince embellie,
Aux arts demandera d'autres chefs-d'œuvre encor!

Quels sujets à traiter! nos temps, nos temps eux-mêmes,
Fourniront la matière aux tableaux, aux poèmes;
Tout se présentera sous un aspect si neuf!
La valeur, sous vos traits, zouaves magnanimes ;
Le pardon, sous vos traits aussi, saintes victimes;
La majesté de Dieu, sous les traits de Pie Neuf! —

Sur le marbre sculpté, brilleront vos phalanges
Allant à l'ennemi comme des troupes d'anges ;
Les vaincus, les martyrs de Castelfidardo,
Sereins, apparaîtront sur la toile inspirée,
Jetant à pleines mains, de la voûte azurée,
Des lauriers aux vaincus de Monte-Rotondo !

De sa plume de fer, l'Histoire impartiale
Ecrira : « Des héros ! » — Leur ardeur martiale
Se battait sans compter ennemis ni canons ! » —
Comme des grands Romains, aux jours du Capitole,
Zouaves, dont le front est ceint d'une auréole,
Sur des tables de bronze on gravera vos noms !

Enfin, il surgira, je le pense, un génie ;
Les hommes le prendront pour l'Ange d'harmonie ;
Il célèbrera, lui, vos combats glorieux :
Viterbe, Mentana, toute votre épopée ;
Mais ses lèvres, avant, baiseront votre épée ;
Ses hymnes seront beaux comme un concert des cieux !

Ils émerveilleront les esprits d'âge en âge :
Ton nom vivra par eux, brave enfant du Bocage,
Dont les pères ont fait la *guerre de géants !*
Ton nom ! pardonne-moi d'avoir eu ce délire,
D'oser le prononcer sur ma tremblante lyre,
Et de t'avoir béni dans de si faibles chants !

Je ne m'abuse pas, je ne suis pas poète !
Mais, Hilaire, ma voix n'a pu rester muette,
Lorsque je t'ai su mort pour Pie IX et mon Dieu ;
Je t'avais trop connu, trop aimé sur la terre,
Trop serré dans mes bras, ce soir, au presbytère,
Où ton Ignace et toi vîntes nous dire adieu !

Et puis, je n'ai pu voir, tendre et pure victime,
La foi de tes parents, sans l'estimer sublime ;
Lorsqu'on leur annonça la perte de leur fils,
Les larmes ont mouillé sans doute leur paupière,
Mais père, mère, sœurs, mais la famille entière,
Résignée, embrassait les pieds du crucifix.

J'ai voulu saluer leur douleur vénérable ;
J'ai voulu saluer ce pontife admirable,
Ce Pie IX dont les pleurs auront coulé sur toi ! —
Je crois, nous croyons tous — par ce cri je termine —
A son pouvoir humain, à sa force divine !
Nous voudrions mourir dans cet acte de foi !!! —

Adieu ! — Mais de mon cœur un mot encor s'échappe :
Nous sera-t-il donné de voir un jour le Pape,
De nous pâmer d'amour en lui baisant les mains,
D'aller parler à Dieu sur les fleurs de ta tombe,
Où doivent s'arrêter et l'aigle et la colombe,
Où vont se prosterner de grands seigneurs romains ?...

Je ne sais, mais chez nous, autour de ta colonne,
Qu'orneront une croix, un glaive, une couronne,
Fidèles et pasteurs se mettront à genoux,
Et là, nous répandrons plus de vœux que de larmes :
Nous te dirons à toi, comme à tes frères d'armes :
« Zouaves de Pie IX, au Ciel, priez pour nous!!! »

L'abbé FRANÇOIS BAUDRY,
Vicaire de Chavagnes-en-Paillers.

Chavagnes-en-Paillers, 25 novembre 1867, jour de la fête de sainte Catherine, vierge et martyre.

NANTES, imp. VINCENT FOREST ET ÉMILE GRIMAUD, place du Commerce, 4.

A LA MÊME LIBRAIRIE.

L'Église et les Prophètes ou la Vision des Temps, par P.-A. DE LAMBILLY, 1 volume in-8°...................... 6 »

Lettres d'un Religieux Trappiste à sa sœur, 1 vol. in-12.. 2 »

Testaments de N.-S. et de la Sainte-Vierge, 1 vol. in-32. » 60

Prières et Offices pour les morts, 1 vol. in-18......... 1 »

La Bienheureuse Françoise d'Amboise, Duchesse de Bretagne, par le Vte SIOCH'HAN DE KERSABIEC, 1 vol. in-18.. 3 50

Discours sur l'Église, prononcé à Nantes, par Mgr MERMILLOD. » 25

Les Soldats du Pape, Journal de deux Zouaves bretons, par MM. ALAIN ET HERVÉ SIOC'HAN DE KERSABIEC, 4e édition..... » 60

La gravure du **Zouave** de la Brochure, tirée à part, avec dentelle, et prières pour le St-Père, **2 fr.** la douzaine (*envoi franco*).

15644 — Nantes, Typ. et Lith. Charpentier.